나는 이불이었다

(P.S 미래시선 10

나는 이불이었다

이종운 시집

시인의 말

오래 알아왔던 시인과 함께

위로의 노래를 듣고 싶은 오후입니다.

지켜봐주시는 부모님

옆자리에서 눈 맞추는 아내

열심히 살아가며

아름다이 꽃피울 딸과 아들에게

세상 모든 이불을 펼친 것보다 광활한 감사와

사랑을 전합니다.

2024년 12월의 어느 날

이종운

차 례

제1부

나는 이불이었다

실밥

좀 똑바로 박아요
삐뚤빼뚤 봉제선 보고
이거나 뜯어요, 하던
눈물 밥이다

그 밥,
밥 먹기 힘들다는 푸념으로
척척 생각을 감는다

누군가
칠칠맞다 흉보아도
밥줄 놓지 말고
열심히 살아라!
잔소리한다

강물 속을 흐르다
무언가 잡고 늘어지는 지푸라기 같은
찬바람 세게 불면 윙윙 울면서 몸 굽혀가는
버드나무 밥이다

오늘은

그 밥 뜯어

염불 외듯이

천천히 씹어본다

거미

레이더에서
눈을 떼지 못하는 초병처럼
바람의 크기와 방향,
습도를 그려내고
둥그렇게 파동을 감지하는 은빛
거미줄을 만들어가며
이불을 짓는
오십 된 거미가
재봉틀 위에서 골똘하다

거미에게 튼튼한 은빛 망은
집이 아니라
삶이 힘들수록
날카로워져야만 하는
칼이었다

거미 눈빛에 걸린 나비 한 마리
한쪽 날개가 찢어진 채 파닥이다 움직임이 잦아든다
나비를 향해 천천히
천천히 다가서는,
그러나

매서운 눈매에는
중년 흙수저 사내의 비린내가
고스란히 담겨 있다

이제는 재봉틀의 노래가 된
저 눈빛이
나비의 몸짓과 처절히 닮았다

꽃이불

무늬 맞추어
이불 만들자니
버리는 원단이 너무 많아
망설이다
망설이다
무늬 맞추어 만들었다

국화 향 난다

오해가 있던
친구와의
관계가 그러했다

쉰을 지나며

미싱 위에
제단인 양
흰 손수건 고이 접어놓고

삽 닮은 수저
잘 벼린 가위
소금꽃 핀 시 한 편
올려놓는다

내 삶의 테두리를
촘촘히 엮어온
저 불꽃
원 밖으로 튕겨 나가려는
정신 줄을
바싹 잡아당긴다

노년이 팽팽하다

나는 이불이었다

나는 이불이었다

누군가 동네에서
"어으이 이불!"이라고 불러도
세탁소 맡긴 바지에
이불이라는 딱지가 붙어 있어도 나는
내가 이불인지 몰랐다

그랬다, 나도 모르게 나는 이불이었다

아침에 일어나 가위 잡고
원단과 손가락을 함께 자르면서
손에서 흐르는 붉은 눈물을 닦다가도
식탁에 올릴 두부 한 조각과
아이들 등록금을 생각했다

그저 다른 이름으로 호명되기를
바랄 뿐
어릴 적부터 내 마음의 벽이 된
진남교반* 깎은 절벽 위
외롭고 귀한 소나무 한 그루를 잃어버린
이불 한 채였다

어느 순간 내가 만든 이불이
누군가에게 따뜻할 수 있을까를 생각했다
내가 이불이라면 그런 이불 만들어야지 다짐하는
나는 소나무
바람의 갈퀴손이 네 뿌리까지 잡아채
같이 흔들리며 푸른 손 흔들던
외롭고 귀한
소나무 한 그루다

크고 높은 뜻보다
내가 이불이니까
향기 좋고
추운 이 따실 수 있는 이불 만들어야지 다짐하며
꾹꾹 눌러
미싱 페달을 밟았다

---

* 경북 문경에 있는 관광지로 기암괴석과 층암절벽으로 이루어졌으며 경북팔경 중
제1경으로 꼽힌다.

이불의 안쪽

이불 안쪽은 달빛나라
문 입구에 새겨진 핏빛 문향은
달빛나라 일꾼들이
이불의 안쪽을 지으며 생긴 상처들이지

구르고 굴러 둥그렇게 휘어진 달빛은
어릴 적 외가 툇마루에
꿈을 내려주던 달빛,
아픈 배 쓸어주던 어머니 손길 같은
안쪽나라 일꾼들이지

땀과 울음
다 감싸는 이불은
잠든 동안에
네 슬픈 노래 들어주고
빈 등을 토닥여주지
안쪽나라 일꾼들은

삶이 지쳐버린
어느 저녁,
골목 귀퉁이에 서서 훔치던

네 눈물을
달의 얼룩으로 숨겨주었네

안쪽에 손을 넣어 숨
참고 귀 기울여봐
한 몸이면서 손길 눈길 한 번
받지 못한 등짝
엎드린 흐느낌을 가만히 덮어주던
이불의 안쪽을 느껴봐
울다 지쳐 잠든 널 감싸 안고
지친 날개를 손질하고 있잖아

달빛 상처를 누비고 기워낸
어머니 품속 같은 이불 안으로 어여
어여 들어와 봐

짠내

손으로 땀수 잡으며 만든 이불을
손님은 호감 가는 사내에게 보내는
여인의 눈빛으로 보고 있다

이 이불은 원단에 봉제비
누비 값 등등
원가가 오만 원 정도니
구만 원은 받아야지 생각한다

사장님 얼마예요?
구만 원 부르면서
면40수에 손누비 어쩌구저쩌구어쩌구
저쩌구 설명도 끝나기 전에
손님은 "다음에요" 하면서
벌써 문밖에 있다

새가슴이 된 내가
팔만 원이요 하면
홈쇼핑 가격은 어떻구저떻구어떻구
저떻구 한다
팔고 싶은 마음에 칠만 원 하면

피사의 사탑마냥 머리가 기울어지면서
"생각해볼게요" 한다
내 눈동자는 급히 손님을 따라나선다
발바닥은 습기를 머금은 채 손님과
함께 땀에 젖어 돌아오고
세워놓은 원단 속 장미꽃이 붉게 빛난다

꼭 팔아야지
그 이하는 안 된다고 하면서 육만 육천 원 한다
"좀 싸게 주세요" 하면서 손님은
발걸음을 다시 문 쪽으로 돌린다
다급해진 나는 육만 원! 소리치고 손님은
"베개 하나 끼워주면 살게요" 한다
마진 10프로 이하
등짝에 한 줄기 땀이 흐른다
고무신 타는 냄새를 풍기며
또,
손님 뒤꿈치를 따라가야 하나 각오하는 순간

이불은 어느새 베개를 품은 채
포장지에 담겨 있다

이불을 건네는 손은
바람맞은 이파리인 양 바르르 흔들리고
머뭇거리다
머뭇거리다
현금으로 삼천 원만 더 주었어도…
투덜거리며 포장지와
이불을 분리한다

이불 집 손님

흙을 떠난 지 오래,

나를 부를
그 어느 때를 기다리는
지금

크게 필요치 않은 베개 한 장 사는 데
한나절 걸렸다

새장으로 가는 길
그림자가 어제보다 길다

이불의 노래

길 따라
시장 따라가면서 노래했지

서문시장 지나
진시장에서 양동시장 가면서
봉고차 안에서 밥 먹으며 노래했지
에린 차렵이불, 스잔나 요커버
꽃 따라 잘 누볐으니
잘 팔리라고 노래했지

원단을 자르며 삭삭 흥얼흥얼
이불쟁이 노래했지
면40수 60수는 나에게 주세요
나이롱으로 가게 도배하고 손님에게
나이롱 뻥친 사람들은 가세요
노래했지

이불장수 이氏의 슬레이트
지붕 위
못 자국 같은 삶의 옹이는
햇살과 바람에 얼룩져 팔아보기도 전에 삭았네

눈물 밴 이불 내어주고
젊은 시절 사온 것들이지
바람에 사라지는 비행운은 아니라네

이불의 노래가 지나간 자리에
남아 있는 소금기는
마른 등에 새하얀 빛을 내는
동짓날 눈썹달 하나 만들었지
어둔 밤에도
삶의 그물 촘촘히 잘도 짜는 달에게
슬금슬금 기어드는 찬바람 정도는 일도 아니지
늦은 밤 달빛으로 흘러내리는 슬픔은
막걸리 잔에 담아 두었지
작은 바람에도 갈갈
개망초 꽃처럼 웃고
갈대나 강아지풀처럼 고개 굽혔지
이불을 노래하는 이는

길 따라
시장 따라가면서
모퉁이 가게에서 흘러나오는

이불의 노래 듣는 것은 정말
설레는 일이지

나는 이불이었다

가위

한 덩이 쇠였을 때
완성을 향해
맞고
먹 갈듯 갈리며
벼려 온 시간을 기억하는가

분노도
인내도
두건으로 감고
로댕의 조각이 되어가는
아버지 입술

참은 숨 토하며
일순간

검은 천 찢을 때를 기다리는

고독한 승부사

병원 시트를 수리하다

우울한 밤마다
자기 별을 찾아 헤매는 사람들

밤이면 가만히 죽순이 일어서던
살구꽃 핀 마을에서
어릴 적 친구와 놀고 오던 추억의
별빛이 가물거릴 때
힘주어 안아주던 그녀는
몸보다 마음이
바람에 먼저 날리던 꽃잎이었다

유난히 차고
가쁜 어느 날
자기 별을 찾아 올랐다가
영원히 자신의 품으로
돌아오지 않은 영혼이 있었다
그런 날이 있었다

음음 신음이 창궐할 때마다
환부에서 고름이 흐드러지던
그녀가

나는 이불이었다

오늘은 팔을 다쳐 누워 있다

그녀를 대신할 수 없나?
대답 대신
수리만 하고 있다

부리

부리로
새앙쥐 물고
끌려가면서
가면서
바람의 발바닥을
핏빛으로 차며
조금씩
날고 있는

도로 위
모든 차의 시동을
멈추는
까치 한 마리

목련꽃 누비이불 입혀줄려고
명주솜 틀던
까칠한 변덕쟁이 할머니를
부리가 꽉
물고 있다

쪽가위

가위의 이름으로

가위였다가
가위가 하는 일을 못다 해
반쪽만 가위인

햇살과 바람을 잘라
잘도 꿰매는
저 미싱사의 등 뒤에서
거추장스러운 실밥 몇 개의 목을
자르는 일이
천직인

술병같이 흔들거리는 두 다리로
큰 가위인 듯 동강
살림을 잘라내는 남정네가 있고
꼬물꼬물 담장 아래 채송화
아이들이 있는

미싱대 아래서 땀방울을 깁는
시다 아줌마의

쪽진 이름

매트리스

밑에 옆에
이불
골판지에 요 얹어 놓은
봉고차 안
간이역 닮은 보금자리

달빛 별빛의
시가 들리는 밤이면
나는 야생마 등에 오르는 꿈을 꾸지
튀는 공처럼
밀어 올리게

달의 눈을 감기고
나누는 사랑
그녀는 내가 뒤척일 때마다
살 한 움큼씩 내어주지

그녀 몸속에서 나는
하늘을 나는 양탄자 소년
시인은 물론
한량이 되고

호방하고 음흉한 임금도 되어보지

이쪽에서 저쪽 모서리로
둥글게 여행하는 동안
그녀는 피곤을 자기 몸속에
죄 쓸어 담지

아침에는 시치미 뚝
떼고
꽃 한 송이 내어놓지

바지

길을 잃어버리고
허리춤 살덩이를 습관적으로
쓰다듬는 나를
힌트 하나 없는 거리에 던져놓았지
바람의 따귀를 맞고 쓰러진 구름처럼
세상을 쓸고 있는 나는
전봇대 안고 오줌을 사정하는
홀로서기 애독자였지

몇 방울 욕정을 감추기 위해
이브의 삼각주 잎새를 빌려와 붙이기도 하고
곳곳의 피카소 그림
그림이 그려놓은 냄새가
싫은 너는
곳곳에 개구멍을 만들었지

고무 타듯 미끄러지던
운동화의 하루하루 내려다보며
땅바닥을 차고
네가 그리던 그림에 믿음을 갖지도 못했어

잎새들은 길가에 널브러져 있고

그 위에 눈은 내리고
옆에 선 벚나무가 봄을 위해
몸단장하는 동안
굽은 허리는 허위허위 허우적였네
바로 서지도 못한 채 절름거리다
찢어지고 있었지

찢어지는 너를 기우기 위해
나는 재봉틀을 조립하고 있어

새벽별을 세면서

조립하면 손이 찢어져
핏방울이 눈물처럼 흐르기도 했어
재봉틀은 헤진 생활을 꿰매듯
감쪽같이 만들었던 구름과 별
멋쟁이처럼 보이려 방치했던 구멍들을 막았지

재봉틀은 나침판인 양 길을 찾았고

더러워진 너를 씻을 시냇가에서 나는

들국, 코스모스를 보며
잉어들의 글씨쓰기를 방해하고 놀았지

지금도 길을 잃고 헤매다가

만취한 다음 날 아침에
나를 축구공처럼 차고 싶을 때면
재봉틀 발판을 찾아
새벽에 길을 나서지

빈대떡 눈물

이제 늦은 밤
새벽이 잇대어 올 것이다

별은 보이지 않는다
차 불빛을 바람벽 삼은 가게 다락방
천장에는 쉼 없이 차가 달린다
벽 속의 플라타너스 잎들이
검은 잠처럼 피곤한 몸을 뒤척인다

시간이 두 세대를 지날 즈음 지니는
여러 개 직업은 눈물이다

대여섯 평 남짓한 가게에서
간절한 빈대떡 생각에
막걸리 먹고 취한 듯 흔들린다

구석에는 밤새 갈아 반죽해 둔 녹두가
꿈이 익어가듯
빈대떡으로 노릇노릇 익으며 곧추선다

새벽시장 돌고 돌아 이른 아침
두어 시간 토막잠이 달다

단면 누비

가게 구석에 곤히
잠자는
단면 누비 한 롤

코골이 소리 드높다

보이지 않는
저편에서
베개와 이불의 뼈대
세워 오신

오,
아버지

제2부

소띠

소띠

쇠코뚜레에는
재 넘어 사래 긴 밭이
주렁주렁 달려있다

음매 울음에는
등을 치던 회초리가 모질게 박혀있다

소띠로
이른 봄 아침나절에 태어난
팔자가
오죽하겠냐는 어머니
말씀이 생각났다

땅을 일구는 튼튼한 어깨와
순한 눈매에 담긴
농부의 다부진 얼굴만
기억하기로 한다

그의 곳간은 늘
비어있는
그렁그렁한
모과 빛 그늘이다

달

달빛이
내
려
왔
다

나는
저 달의 손을
잡을 수
없다

형처럼

공황 1

너는 나를 보지 않아도
너는 나로 인해 늑대가 된다

누가 나를 민다
절벽에 서서
피할 곳이 없다
엎드릴까
평평한 도로가 절벽이 된다
간신히 난간을 붙잡는다

만나지 않은 늑대들
모르는 절벽에 친
수많은 안전판들

갑자기 몰려오는 벌떼들
윙 윙윙
잔뜩 독 오른 창들이
화풀이처럼 들이친다
머리에서 다리까지
가슴께 순간적으로 차오르는 해일
휩쓸려 머리가 붉어지며

사라지는 나,

불꽃놀이가 아니다
강펀치를 맞은 턱에 피가 흐른다
그이는 팔 다리,
몸통조차 보이지 않았다

공황 2

내가 지구였어

천생 역마살이 끼어
이리저리
섬나라 후쿠시마에서
중국 스촨성으로
며칠 전은 아이티에서 난리쳤잖아

신문에 나왔는데 나는 없어

미친놈이라니까
예보 없이
옆차기부터 지르고 지랄
발광하는 거지
몸속 구멍이란 구멍에서 연기와 불
뿜는 게 보여
튼 살처럼 툭 툭 갈라지는 게
치료도 힘들고

내가 지구라니까
아무도 모르네

감나무

갈바람이 비질을 하고 있는
감나무 옆 사랑채에
쉰 살 아들과
아버지가 마주 앉아있다

아버지는 마당 감나무에 홀로
남은 감을 생각하고

아들은 생으로 찢어진 감나무
가지를 보고 있다

주소를
달빛이 온 곳으로 옮긴 형의
소식을 듣고 싶은 아들은
마당으로 나왔다

옹이

옹― 소리가
배고픔을 알리던 때
비와 햇살의 자식들 뜯으러
산과 들로 나갔고

나는 바위 등 뒤에서
옹― 소리 부르고, 부르고
나는 커야해, 커야해
나에게 옹― 소리를 주세요, 하고
옹― 소리만 부르고
오냐 오냐 내 새끼
덜 먹어서 덜 컸지
반도 채우지 못한 바구니
나머지 반을
옹― 하는 천둥소리로 채우시고

덜 자란 나는
아직도 어머니 등 뒤에서
옹― 소리 부르고

구름처럼 흔들리는 어머니는 허리에

쇠말뚝 박아

쉰 넘은 아들 옹— 소리 들으려

여태 귀 세우고

바구니에 담은 옹— 소리는

옹이 되어

가슴에 쌓이고

지갑

앞장서 열리던 친구의
지갑 속에
검푸른 바다가 출렁이고 있었다

숨구멍으로 희망을 뿜던 고래는
흩어진 가족과 나란히 꽂혀 있었고
트고 굳은 표피는
멸치처럼 떼로 흔들리는 울음과 함께
그물에 올라오고 있었다
튿어진 모서리실밥은
보증선 친구의 백상아리
이빨자국임이 분명했다
삶의 짠내가 먹이인 심해어 역시
바닥에 도사리고 있었다

먼저 셈을 치렀다

달빛도 없이

이곳
저곳을
붉고 흰 마음들이 흩날렸다

바람과
끼

그 사이에서 오고

나는
소주를 청해놓은 저녁처럼,

아프고

쉰도 중반을 넘어가는
봄날이었다

고운 달이 오르지 않았는데

아직
고운 달이 오르지 않았는데

산비알에 새알로 모여 있는
토방 같은 집으로
돌아가는 사람이 있습니다

뒷동산에는
오징어놀이 그림이 그려져 있고요
얼마나 재미있던지
일찍 나온 별님이 내려다보며
웃음지어도 모르고 놀다 어머니가
'길수야, 밥 먹어라' 부름을 듣고서
집으로 달려가곤 했지요

고운 달이 오르지 않았는데
어머니도 오지 않았는데

슬그머니 놀이 그만두고 토방으로
돌아간 사람이 있어요

오징어 그림도 희미해지고
흰 달이 소복소복 머리에 쌓일 때면

고운 달님 오기 전에
먼저 집으로 간 이들이 있어요

아내

귀뚜라미 울음
한두 냥 정도
매일 아닌
가끔

식은 밥 한 덩이를
누가

나의 그늘에
두고 가면

한 켠에 혼자
피어있는
코스모스를,

보이지 않는
그녀 얼룩을 생각하며 나는
아주 오랫동안
바라볼 것이다

그녀 중심에서 달무리를 그려온 세월에서

나를 밀어 낼
때까지

친구

우리 곁에는
꽃이 세 마리
붕어
두 송이

그늘을 봐야하리
밑둥치 깊이
어둠이 사는

무너지는 봉우리
봉우리들

환히 빛 드는
선한 눈썹
우리에게 썩 잘 어울리는 구도

팽이

세상 가장 서러운 생이다

채찍만으로 유지되는

한쪽의 사랑은
스러지고
없는

돌고
돌아

서 있지 않으면
주저앉는

끝없는
소용돌이

중심에서 벗어날 수 없는

아버지들,
아슬아슬하다

묵향

모
하나
하나에
오랜 비바람
맺혀있네

강물 속에 우는 달의 노래*는
난향 보다
깊은
삶의 노래네

내리는 듯
솟구치고
올리는 듯 꺾이는
춤사위
한 획
한 획은
삶의 벼랑에서
피어 올리는
인동초
한 송이

한 송이일세

진남교^{**} 푸른 솔은
잘 벼린
붓 한 자루

돈

독하고 나쁜 년이다
그래도 싫어하는 이가 없다

보름달인 그녀는
웃기만 할 뿐

나도 무작정 짝사랑했다

철저한 복종과
부지런을 원하는 그녀에게서
돌아오는 것은
창백한 달빛 한 조각이었다

어두운 밤을 지나는 동안
여우는
보름달 보며
길고 긴 울음을 토해냈다

먹이를 잃어버린 여우였지만
방법이 문제야
노력이 부족했어

반성문만 썼다

밀당의 기술조차 없는
짝사랑은 무서운 것

운동화 뒤축이 다 닳아
작은 모래들이 모기울음 울 쯤
불쌍히 여겼는지
푸른 달빛 한 귀퉁이 떼 주었다

여우는 이미
절약의 이름으로
아내의 잠자리 날개를 자른 뒤였고
아이들에게
바다의 고래에 대해 말해주고 싶었지만
무지개를 그릴 시간조차
잃어버린 뒤였다

오늘도
그녀를 향해있는
나는 누구인가

비

비가 내립니다

어머니와
전화하는 중에도
비가 나립니다

전화선 타고
비는
계속
내리고

오동잎 위에
우두둑 떨어지던
배 좀 줄이라는
말은
어디 가고

애들 다 일 가고
너만 집에 있냐는
늦가을 잎새 지는
말씀에

비가 내립니다

잎새들
눈 가에
먼저
내립니다

홍어

막노동 하고 돌아온 사내들
땀 내음 같기도 하고

하루 종일 생선 손질한
아낙의 손맛 나는
이놈이
나는 처음부터 싫었다

하루 내
바느질 하고
운전해 돈 벌어 폼 잡아도
시큼한 냄새나는
내 삶을 닮은 놈이다

깊은 바다 한 켠에서
해뜰날 기다리다
눌리고 눌리어
얇아지고 찌그러진 녀석
곰삭아 지독한 냄새 풍기면서
뼈만 딱딱한
어쩌면 나 같은

이놈을 푹 끓여 탕으로 먹으면
숨어있는 서러운 흥이
막걸리 두어 잔에 슬슬 불려나와
딱딱해진 삶의 응어리 만져주고
뾰족한 마음 역시
부드럽게 문질러 주는 것이다

눈물을 훔쳐 주는 놈이다

당뇨

여류시인 달자 씨를 짝사랑 한다고 소문난
그놈이,
그놈이
나에게 사탕을 탕
탕 쏘아대며
당나라 군인인양 쳐들어왔어

가랑이 사이에
사다리 걸쳐놓고 올라왔어
녀석을 눈치 챈 것은 배꼽쯤 올라 왔을 때야

배가 보름달로 부풀어 올랐어도
녀석은 치맥을 즐기며
야식 달라 졸라댔지

내 스타일 아닌 것이 징징대니
나는 엄청 피곤해져
선언했어
방 빼!

이제는 우리가 헤어져야 할 시간 다음 앤

다시
만나지 말아요, 했더니
그놈은 눈웃음치며 애인인양
가슴을 더듬으며 살금살금 올라오고 있어

놈이 좋아죽는 밥 반으로 줄이고 싫어하는 돼지감자를 찬으로
뽕잎차를 아침차로 먹었어

녀석이 떨어질지 안 떨어질지 모르지만
이제는 우리가 헤어져야 할 시간
헤어져야 할 시간
노래 부르며
지금도 팔다리를 아침저녁으로 흔들고 있어

졸

살아가다
생에 쫄아버린 졸들,
반 푼수들의 모임
쪽가위
쪽문처럼
짓다만 아파트 현장 같은
어수선한 우리들의 공허한 수다들
밥 먹고 운동화 끈 늦게 매는 것 못하는
어리숙한
등이라도 치고 싶은 바보들
구름의 갈비뼈로
억새의 잎으로
집을 짓는
시쳇말로 쫄망구인
구멍 숭숭 난 담장을
바람이 기타로 알고 연주하는

쫄바지에 짝 다리로
쪽대 메고 시냇가에 갔다가
점잖은 바위 잘못 건들어
쪼인트 까이고

쪽을 팔아본 적 있는
어리벙벙한 우리들 이야기

하는 일마다
면을 세워야 하는 국개의원
짝퉁으로 한 몫 한
쥐의 눈알보다 더 반들반들한 재벌님들
면 세울 일 없는 너와 나는
짝퉁 없고 짝꿍만 있어
돈도 명예도 없지만 너와 나
옆에 있으면
사람냄새 나는

졸
졸
졸
시냇물 흐르는 계곡에서
졸끼리 모여
서러움 씻어버리고 웃어보면
올 가을에는
국화 향 있을지 누가 아나

안개

안개가 일하는 시간에는
구석기 칼날 같은 당신을 생각합니다
날은 밖을 겨누고
나는 오금이 저립니다

당신을 찾아가는 시간은
매번
가슴에 바늘이 다가오는 시간이지만
오리무중이라 무중 속 나는 오리 쯤 되는 당신의 터널을
무중력으로 여행합니다
무기력한 마음이 뒤를 따라오지만
이리저리 정처 없습니다

맑은 하늘이 출렁일 만큼
고개를 젖히고
오만, 방자하게 웃던
당신을 기억하는 손끝 눈동자는
더듬더듬
터널 속 젖어있는
당신의 눈물자국을 담는답니다

구석에 묻어있던 발자국이 우울해
깊이모를 설움에 울어요
싱그러운 갈바람이던 당신은
진창에서 운동화를 빨고 있네요

터널 한쪽 고인 물에는
옥잠화가 노란 리본을 가슴에 달고
바람해변의 작은 배처럼 흔들려요

당신에게 다가가는 시간을 안개의 시간이라 하겠습니다
어둠 속 별을 보는 시간입니다
안개 걷히면 당신의 손을 잡아드리지요

호수에 피던 물안개가 꽃이 되고 있어요

이것은 무엇인가

구워지지 않는
입맛에 길들이기 힘든
물렁물렁한
술병처럼 생긴
이것은
카멜레온 뺨치는 표정이
생각만큼 말이
가면만치 앞뒤를 빨리 바꾸는

술
술
부으면
술처럼 들어가다 술잔에 빠져죽은
돈 때문에 돌고
스스로 가슴 치다 가슴이 무너져 내리고
가슴 치다
갈비뼈 걸려 용용 죽겠지
얼굴이 붉어질 때까지
용쓰다
어질어질 하는

바람으로 돌아다니다
집 앞 고욤나무 찾아오는
썩어 문드러질
안 썩을 수도 있는
아주 거지발싸개 같은
알 수 없는
술잔에 빠져죽을 얼빠진 놈인가
세상을 베어버릴 칼 한 자루
가슴에 품은 도적인가

제3부

용서

용서

의자 위에
뾰족한 못 하나 놓겠습니다

달군 철판 위를
다비하듯
타는 몸 아랑곳 않고 그대
눈물 닦으면서
달팽이처럼 기어가겠습니다

못 위에
꽃잎 한 장 올리겠습니다

바람에 날려가도
쌓고, 또
쌓겠습니다

못 위를 도톰하니
꽃잎으로 폭
덮어
편히 앉을 수 있을 때까지
기다리겠습니다

눈

눈이 내린다
단호하고
거침없이

선고하는 판관처럼

한 사람이 걸어갔다
걸어간 시간동안
찍히는 선명한 죄의 무게
눌린 만큼
멍이 올라왔다

눈은 내리고
내리고
우리의 반성 없는 일상으로
서서히 메워질 구멍
쌓이고 쌓여
흔적 없이 흰 눈만 보인다

안개 걷히듯
눈 녹으면
가슴에 눈 자욱이
상처 난 양심으로 남아 있다

시

2차로
노래방 가서
저 여자가 옥잠화야
하다
발랑 뒤집어져
굴러
떨어지지만 않았어도

으
시
시
한
계곡은
길이 없지
언덕이었다가
바위만 가파르게 놓여있어

노래방에서
울고 있는
아니,
웃고 노래 부르며 떠들고 있는

낮달 같은
꽃을 보고
그림을
그리지만 않았어도

바위를 잡고 오르다가
샛길을
새소리 따라 걸었어
가다보니
그 자리

악에 받쳐
암벽타고 올랐지
구름의 헐렁한 옷소매만 보고 오르고 있어
조금씩 미끄러지다

주룩 떨어지는
꿈을
꾸고 있나봐

바위를 잡은 손에
힘이 빠지고 있어

서정시를 읽다가

파일명 서정시*를 읽다가
수면이 수면 밑으로 잡아당기는 바람에
안으로 쑥 빠졌어

지하도**였고
입구 옆길에 상여를 보관하는 집이
성긴 이빨처럼 덜컥거리는 지하도 끝에는
몽둥이로 개를 두들긴 다음 살살 불에 그슬려 털을 바람에게
주고
가마솥에 넣어
불콰한 흥으로 미쳐버리는 곳이었지

그곳을 웨딩드레스 곱게 입은 처자가
신랑 손을 잡고 걸어가고
뒤따라 아이들과 마누라가 굴 같은 지하도로
막 흘러들어가고 있었어
흙탕물에 출렁이는 머리칼 같은 그놈이
나와 내 가족 사이에 끼어
교주처럼 고래
고래 소리 지르며 길을 막고 있었지
좁아지는 지하도 안으로 밀려들어가는 아이들과 나 사이에서

씨름하듯 놈을 밀고
막무가내로 구르고 굴러
그놈을 넘어

서정시를 읽어야하는데
읽어야하는데 중얼거리며
꿈속에서 빠져나오지 못하고
아이들과 아내를
밀어내고 있었어

_____

*　나희덕 시집
**　청주 오송 궁평2지하차도

벚꽃

꽃을 저렇게 버리다니
미친놈

바람을 데리고 춤추는 꽃들

무대는 크고 화려했다
가슴에 분홍리본을 달지 않은 그들만의
겨울축제

공연이 끝난 뒤
그들은
가지위에 앉는다
떨어지지 않으려
얼음으로 굳어지며
그 힘으로 가지를 붙잡는다

봄이 오면
분홍리본을 단 이들이 올 것이다
정규가족으로

수피에 붙어 녹으면서

얼면서
가슴에 단 분홍리본을
꿈꾸며
살 것이다

꽃가마

건달 바람은
흰 구름으로 엮은 지붕을
흔들고 들어와
늙은 과부의 치맛자락처럼 운다

자식은 있는지
주민센터에서 온 쌀 포대가
효자인양 앉아있다

오늘은 봉산댁이 꽃가마를 탄 날이다
한 갑자도 더 지나
다시
타본 가마에는
노란 개나리가 곱게 울타리 치고
진달래 목련 살구꽃 환히 피었다

어찌 잘 보이지 않던 연꽃과 국화도 있다
신랑을 만난 듯
입가에 수줍은 미소가 붙어있다

하늘 보다

지상불빛이 더 빛나는
저편 아파트 벽에
고독사한 달이 걸려 있다

밤톨이 되려면

채에 치이면서
하나의 좁쌀로
이리 흔들 저리 흔들
흔들릴 때마다
지푸라기 아니라는 듯
배 멀미하며
채 바닥에 입술 적셔 달콤한
사랑받아 적어야하네

눈비 맞으며 키운 자식
바람이오면 바람에 실려 보내고
바람 오면 웃음으로 맞이하는
저 참나무 할배가 되어야지
갈바람에 주머니 열어
자신이 영글어 가는 도토리 되려거든
흘러야하리
쥐 오줌 곰팡내 진한 골목을
돌고 돌아서
전봇대 허리춤 구인광고를 읽어야하네
흐르고 흘러야하리
흐르면서 누군가 버린 휴지와 병을 주워야하리

나는 이불이었다

두툼한 겨울 외투 벗어야하리
밤톨이 되려거든
뾰족한 가시
비명 부르는 옷부터 벗어야하리
깨알보다 작은 그들 식탁에
푹 익어 알몸으로 누워야하리
참나무 그늘아래 가만히
무 깍두기 내려놓는,
폐지 주워가는 할매 밥그릇에 슬쩍
고기 한 덩이 놓고 가는 식당 아주머니
외로울 때 할매할배의 친구
저분이
찬바람 불면 왔다가는
지구의 허리춤을 꽉 붙들고 있는
바윗돌이지

밤톨이 되려면
도토리부터 되어야지

호박

호박들 등 두드리며
덩이덩이 바닥에
자식 낳으며 웃고 있을 때
어린 호박순
똥 누고 오줌 갈긴
자갈밭 지나가잖아

저 호박순
앵두나무 발등에 올랐어
바들바들 떨면서 가까스로
가지를 잡고,
담쟁이도 아니면서
아슬아슬
하늘에 길 내고 있어
저 손의 상처 좀 봐
핏물이 배어있네

옆에 걷는 사람들은 누구지
밥주걱 들고 서울역으로
청진기 들고 아프리카로
별 달러

가는 사람들
쭉 따라 올라,
삽 들고 걸어가면서 길을
쓸고 닦고

새벽마다 반짝이는 별들은
저이들이 흘린 땀과
피눈물들이지

어린순이 앵두나무에
기어이 둥근 호박을
걸어 놓았네

별도 달도 없는 밤에
보름달 하나
어둠을 쓸어내고 있네

억새

억새가 그 자리에
서있는 것은
억세게 재수가 없어서다

억수로 비바람 치면
세상 끝이다

억새는
시간을 내어 명상을 하지만
죽지 않기 위해
강바닥을 끈질기게 쥐고 있다
억새가 앉지 못하고
누워버리는 것은
이 때문이다

억새에게 삶은 형벌이다
어깨에 메고
가야하는

쏟아지는 택배처럼
해가 뜨면 밀려오는 파도

차라리
차라리

해가 다하면
파도가 없겠지

아내의 속삭임에 하우스푸어 티켓을 구매한
앞 동 사는 택배 김 형
그는
드디어 누웠다
간장약과 피로회복제를 손에 움켜쥐고

지긋지긋한
해가 사라진
눈은
편안히 감겨 있었다

부레옥잠

실뿌리 내려 보지만
잔물결에도
흔들리는
보라색 꽃차례
가슴에는
노란 상처만 남았다

유산으로 받은
빚과 아이
아이들은 살아야죠?

처연한 사내의 물음에
낮달 걸린
웃음꽃 피운다

그런 이야긴 그만

신나게
환하게
어때요

여인은
머룻빛 어둠이
빚어낸
꽃

노래를 도우며

옮겨가는
사랑

길

그림자는
벼랑 끝에서 놀고

길은
진열장 순백색 드레스에
던져버린
커피 얼룩에 있다

허공을 걸어가는 그대

멍든 스승의 뺨
주저앉은 아버지의
어깨 위로
나를 데려다 주오

때려다오
때려다오

하늘의 이마에
낙관을 찍는
새순이여

길은 있는가

김장

햇살
별빛
바람
어느 하나 헛되이 보내지 않고
가슴께로 모아
단아해진 모습

순무
갓
양파
맵고 시리고
비린 것들 서로 만나
부비고 비벼
만들어낸 세상

절여져 누운
배추 한 포기,

포기할 수 없다

허수아비

나를 들판에 세웠구나

빈 소매에
깜짝 놀랄 새도 없지만
새소리
빗소리
소매 속에 감추려고
내가 필요했구나

매어있는 발목
아득한 저 하늘 끝
추억으로 달리다
초동처럼
옛 노래를 부른다

추수 끝난 옥수숫대같이
남루한 행색
어느 하나 인간 일에 적합지 아니하네

나는 떠나지 못하는 방랑자
오늘은 모자를 들썩이며

빈 곳간 생각하는
지독한 슬픔의 사나이다

하늘의 해가 산으로
돌아간 뒤에도
혼자서 꺾인 관절 흔드는
인간세상은
할 일이 너무 많구나

막춤

흘러내리는 땀방울은
하루를 탈탈
털어내려고 친구들과
바다 속으로 뛰어들었다

저 바다에 누워
외로운 물새 되어[*]
더 가벼워진 우리는
젊은 그대와 함께
낮 동안 강렬했던
눈빛을 풀어헤친다

넥타이와 단추는
땅꾼 본 뱀이 꼬리 감추고 사라지듯
스스로 실종신고를 했다

한쪽으로 걷기를 강요당했던 다리는
사춘기같이
앞뒤로 연신 교차시키며
풀밭 만난 야생마가 된다
자판을 계속 두드려야했던 손은

나는 이불이었다

이제까지 잡지 못했던 그 무엇이
한이라도 되는 듯이
허공을 때리고 움켜쥔다

손발과 놀기를 거부한 허리는
고장 난 레코드리듬에 따라 움직인다

생활에 잡혀 숨어있던
또 다른 내 안의 고양이
호랑이가 소리를 질러댄다

남루한 촛불 한 자루 맹렬하게 탄다
촛농처럼
밤새 어둠이 풀잎에 내려놓은 이슬 같다

---

* 가수 '높은음자리'의 노래 「바다에 누워」 가사 인용

벌레

뒷산에 오르다 송충이
한 마리
길 한가운데 떨어진 것 보았다

팔차선 도로 위
길 잃은 강아지처럼
고 작은
발톱 움직여
초록의 땅으로
꿈틀꿈틀
나뭇가지 하나가
태산
등산객 발자국과
애완견의 탐욕스러운 입술을 피해
넘어지고 뒤집히고
중천햇살이
서녘으로 기울쯤
초록 쪽으로 건너가고 있었다
세상을 다녀가시는
제 몸보다 큰
붉은 상처가 아름답다

으스대던 두 발이
부끄럽다

밥

밥을 갈게 하는
그들이 갑이라
그의 나무가 얼마큼의 그늘을 지녔는지
꽃향기가
얼마나 진한지는 궁금하지 않아

밥.
얼마나
목메는 말인가
울음 섞인 슬픔이더냐

흐느적이는 다리를
흔들리는 머리를
곳추세우는
너를 향해 예수처럼,
혹은 부처에게
절한들
무엇이 문제더냐
무엇이 대수더냐
허리한번 머리한번 숙이고 조아린다고

고맙다
고맙다
오늘도 배 채우고

삽 들어 땅 일구고
밥 먹는 일에
우주가 흔들리네

어미로부터
울음으로 밥 구하고
자식의 울음으로
호미와 망치,
팬 들고
밥을 찾아나서는
당신의 굽은 등 뒤로
김 서린
고향 들녘이 보이네
오늘은 능선 따라 삽을 메고
길을 나서네

당구

당구 삼년이면
천자문 하늘천은 읽더라
당구 삼십년이면
당구장 몇 개쯤 생겼다 없어졌다 했겠다

요놈은 늘지 않아

꽃잎이 바람 따라 가더냐
놀다가도
정들어도 바이바이 하잖아
흔들리다가도 똑바로 하늘보고 있지
갈바람에 솔잎 곁 바투 선
참나무 잎 따라 치장 하더냐

이쁜 애와 썸 타서
애인 만들고 싶을 때
실없는 눈과
발걸음은
어느새 그쪽으로 붙고 있었지
그녀가 어떤 색을 좋아하는지
무엇을 바라보는지

그녀 반응은 어떨까 고민했지

당구공은 너 하는 것
따라하는
가자면 가고 오자면 오는
너의 애인

생이 어렵고
어디로 갈지 모르겠으면
당구를 쳐라
한 치의 어긋남 없이
큐 따라 춤을 추지

당구 삼십년!
오늘은 큐대에 좀 맞아야겠다

세탁소

파김치가 된 옷가지들
하의고시*와 상의인체기**에 들어가
스팀과 온풍으로 표정을 살리고
구겨진 일상은
다림질로 편다

바지는 세탁하지 않는다
젊음을 술로 보낸 자신을 세탁하며
늘어난 아내의 주름살 또한
다림질 할 수 있을까

세탁소 주인양반
달마처럼 면벽 중이다

세상의 일로 생긴 상처
지우고 싶을 때는
번호표 달고
남루한 바지와 나란히 누워본다

_____

*, ** 세탁기계

제4부

시

나이테

산 넘고
바다 건너
꽃과 꽃잎 사이를 지나
돌고
돌아서 온 것입니까?

별자리에 머무르던 그대
당신의 웃음, 눈물
다 우겨넣고
굴렁쇠 굴리며
나에게
돌아온 시간입니까?

사막과 바다 건너
한 해 한 번
나무속에 뒹굴며
사랑하는 그 누구를
가두려는 것입니까?

다시 능금 빛으로 돌아올 시간인데
그대와 나
가깝고도 먼,
만날 수 없는 사랑입니까?

사랑싸움

써레질 끝난 무논에서
흙의 속살에
장대가
수직을 심고 있다

거부하는 진창,
기우뚱
기우뚱

물컹거리고
흔들리고
시간을 썰면서
안아주거나
잡아주는

대동트랙터처럼 두근대는 심장과
부서지는 쟁깃밥

너와 나의 싸움 후에
수직은 물러져
온 무논이
계절을 다해 정숙하리라

짝사랑

꽃잎
한 장
바람 따라
오시네

향기 느낄
사이
없이
달아나버린

늙은 소년의 발치에 떨어진
노래 파편들

바람에 휩쓸려가도

어둔 담에 기대어
시든 꽃의
노래는 부르지 않으리

나, 그대를
끝내 바람에게 맡기고 나서

그 자리에 서서
떠난 바람을 생각하는
바람이 되리

개망초꽃

낮달 같은 생이
한숨,
한 숨 두 숨 뭉쳐
노랗게
중심에 쌓인 꽃

내 희망에 절망을 뿌린 왜놈처럼 싫은 꽃

갈바람에 산들
산과 들에
흔들흔들 춤추는
흰 옷 입은 친구들아
노래를 부르자 손에
손잡고

저기 저
낭떠러지 끝에 앉아있는 잘디
잔 아낙들이
개 망해버린 생을
희망인양 노래하는데

기다리지 않는 마중에
비가 오니
멀리 떠나버린 내님도
돌아오시려나

보고 있어도
보이지 않는
너를 보며 웃는다

강변에서

강가에 나왔더니
시간이 흐르고 있었어

버드나무가 바이올린을 연주하는 동안
강변에 사과나무와
참외를 돌보면서
돌을 치우고

허공을 밟으면서
천천히 걸어가는 구름과 함께
상류로 오르면서
노래 불렀어
노래는
오래된 레코드판처럼 자분거렸지
물 한 모금 먹고
하늘 한번 보았을 뿐인데
강물인 듯
연신 구름이 흘러갔어
주막 한 채 남겨두고
주모 따라 강물은 흘러
흘러

노래 부르며
붕어랑 메기 잡아 친구들과
매운탕을 끓여 먹었지
강물과 섞이는지
불그레하던 매운탕이
맑아지고 있었어
염색약을 바르니 피부가
오래된 건물처럼 무너지는 거야
다시 건물이 올라가고
오두막의 별들이 이사를 시작했어
구름이 없는 날은
강물에 뛰어들어
상류로 헤엄칠까
노안이 동안 되는 동안을
잠시 꿈꾸다가
고개 저으며 강변을 뛰었지
노래도 잊고
막걸리잔도 잃어 버렸어
잃어버린 잔을 찾아
강변에 오니
모르는 강변,

길이 없어졌어

내 사과밭, 오두막 별들은 어디서 찾지?

강변아파트 베란다에 누워
별을 찾아 흐르고 있어

인생

바람은 일과인양

구름과
나뭇잎과
강의 젖가슴까지 정성스레
애무하지만

그에게 돌아오는 것은

흩날리는 백발과
첫사랑마저 잊어가는 기억,
가문강바닥 같은
빈 얼굴이다

백목련

달아
달아
밝은 달아

하도 사
밝은

봄바람에 조각난 달빛

나는
달이 몇 개인지 몰라

폐선에 담긴
서러운
내 봄날

차라리
미쳐나 볼 걸

느린 오후

늦봄
진달래입술

자글자글
운동화에
츄리닝바지

식어버린 순댓국
무 몇 조각

낮달에 잠긴
소주잔

선술집
구석에
웅크린 술병

빗금

11월
11일
11시 11분
뛰어들지 못하는 평행선

달리는 차창에
달릴수록
더 깊숙이 눕고
안기는 빗방울
수시로 밀려오는
사랑의 폭탄들

빵점 맞은 시험지
붉은 사선같이
바보처럼 달려드는
뜨거운
빗금
빗금들

내게
가장 필요한

급한

너,

비스듬히

수없이 그어보는

문

천릿길도 한 걸음 부터라니
두드려야 되지
들어가는 건 고민이 필요해

수염가닥을 고르던 구름이
죽어야 알지
자신의 문이 몇 개인지 모르는 것을
애매한 말을 남기고

바람은 화가 난 건지 괜스레 문을 발길질하고 갔다

두더지처럼 잠자던 양파가 팔을 내밀곤
나를 닮았어, 한다

바람에 싸대기 맞고 반쯤
굽어있던 수수대가
너만 문이 많은 줄 아나 봐
보이는 게 다는 아니지, 한다

들어가 봐야 별거 없어
문을 열면 문이 나오지

문을 열다 길 잃어버리지
비가 들어가서 이곳저곳
긁었던 흔적 봤잖아
궁금하면
비밀번호를 요구하지

같이 살면 많이 알긴 하지
속살을 봐도
천 길 물속은 알아도 한 길 사람 속은 모른다잖아

비밀번호 몇 개 외울 뿐
구름할배 얘기가 맞을 거야

상대의 문 안쪽을
기웃거리는 것은 예의가 아니잖아
가슴이 절절하도록
가슴을 안고 죽으면 모를까

비밀노트

철쭉이라 적었다가
영산홍이라 고쳤다
쌍둥이 같은
꽃잎

술잔에 뜬 달이
알려주기도 하는

꽃잎은 바람 따라 흐르고
토끼가 여러 개의 굴을 마련하지만
비밀장부처럼 통속적인
유행가 가사 같은 내용
몇 걸음 가지 않아
흐트러지는 구름

시소의 맞은편에서
나를,
저울질하는

내가 그랬듯

바람 따라 함께

흥이 일면

네가 노을을 바라볼 때

흘러나오는 눈빛의 리듬을

오랫동안 기억하는 일

슬픈 노래를 같이 불러주는 일

분홍색 마음을 곱게 접어 숨겨둔 책갈피

수많은 꽃잎

첫 설렘 따라가는 바람

바람의 노래 맞춰

춤추는 꽃잎

꼬리 한 번

뒤뚱뒤뚱 옆을 살피며 걷는 모양과
꼬리 살살 흔드는 것을 보면
101동 사는 저 할배
영락없는 강아지다

처음부터 꼬리가 있었던 것은 아니다
단지 외상안주 위해 수염 밀고
꼬리 한 번 흔드니
두루마기 화장지 풀리듯
쭉쭉 길이 났다

수학선생 퇴직할 때만 해도
수염 빳빳했었다
자식 사업에 없던 꼬리가 나기 시작했단다

막걸리를 위해 슈퍼사장에게 꼬리 한 번
외상안주위해 국밥집 이모께 꼬리 한 번
앞집 강아지에게도 연습 삼아 꼬리 한 번

습관은 참 무서운 것이다
필요할 때마다 흔들린다

어쩌다 산에 오를 때
사자의 시절을 기억해내고는
꼬리를 몽둥이 삼아
땅을 치며 울부짖는다

주름

달이
걸음을 옮길 때마다
헐거워지는 내 신발

흥얼흥얼 가버린 생은
보이지 않는 뒷면부터 슬며시 없어지지
기우뚱하기 전까지는
얼마나 사라진지 모르는 일

시름시름 모서리로
돌아누울 때
고랑은 시작되지

상해버린 사랑
떠나지 않은 가난
슬픈 엽서가 차곡차곡 쌓이면서
골은 깊어지지

찬바람 쾅쾅 부는 계곡에는
마술처럼 머리칼이
흰 눈으로 변하지

눈 속에 담겨진 불은 내장으로 스며들지
내장 속에서 불면의 밤은
무럭무럭 자라나지

나는 불면의 밤을 태우는
심지 찾아
별을 보며 여행을 떠나지

삶의 길 닮은
낙타 등을
올라탄 채 잘라 먹는다지

웅덩이

푸른 하늘 펄럭대던 나비와
짜디짠 소금쟁이
실수로 들어있는 웅덩이에는요
어둠이 내리다가
헛디딘 어둠마저 웅덩이에 빠져
깜깜해지는데요
깜깜해진 속에는요
찌르르 풀벌레가 살고요
삶의 그늘이란 그늘은
다 들어와 사는데요
가령, 서른 넘도록 캥거루주머니 안에서
이력서 들고 꿈지럭대는 아이와
그저 바라만 보다 시커멓게 타버린
어머니속내 같은 것 말이에요

떨어진 과실 유달리 많은
오늘 같은 날에는요
집집마다 평지풍파 불러오는
바람,
바람마저 다 날려 보내고
어흥 어흥 사나운

호랑나비 한 마리 불러와
무서운 어둠을 지우면서 하늘하늘
푸른 하늘 만들고 싶은데요
도와주실 거죠?

복수초

매운 창에
피어나는
그 울음

고요하다

흰 눈 속에 갇혀
따스한 시간을
기다리는
그,
바람의 결을
느끼려는
작은 귀
귀 울림

굴참나무 가지 끝에
앉아있는
쾡한
이슬 눈을
생각하는

이제
분홍빛에 지쳐
가슴에 파고드는
노오란
상처가 아프다

억새

억새가 머리에 서리를 얹은 채
졸고 있다
아니 울고 있다
햇살이 오기까지는

공연을 앞둔 무용수가
무대에 오르기 전
숨을
고르듯이

햇살 비추오자
바람 따라
춤추기 시작하는
순은의 갈기,
조용하게
때론 격렬하게
무용수가 자신自身을 잊듯

수없이 되새기며 반복하던 동작들,
수천수만의 땀방울

떨어지는 눈물들

햇살 오시기 전까지는 정말
억억거리며,
울고 있는 줄 알았다
나는

들국화

햇살에
스러지는 새벽이슬,
울음 그친
풀벌레처럼
말없이 왔다가는

흔들흔들
흔들의자에
흔들리다 가는
가을바람 같이

아래로
아래로
자리하는

한 끼 식사도
안 되는
주머니 속
백동전들

고백할 것이
무엇인가

시

다랑논 높은 벼랑에
내가 누워있는 목관 하나
밀어 넣고 있다

땀도 눈물도 없이
덜덜 떨면서

다 밀어 넣어야
꽃이 피지
꽃이
피지
중얼거리고 있었다

새벽별이 돋아날 때 들리는 울음과
꽃이 돌아서서 훔치는 눈물
이슬이 사라질 때 보이는 슬픈 눈동자를
느껴야 꽃이 눈을 뜨네

지나가는 농부가 빙그레
웃으며 말을 건넸다

둥근 돌

기차가 막 다녀간
침목 아래서
간장 종지처럼 떨던

뜨거워져
어스름까지 따스했던

귓속 물을
슬며시
먹던

돌 속에
어둠이 들어

지금은
이슬이 된

그리운 돌

해설

이름대신 이불이라고 불리던 사나이

- 류흔(시인) -

이름대신 '이불'이라 불리던 사나이

- 류흔(시인) -

20여 년간 침구가게를 경영했던 이종운 시인. 그는 소처럼 (실제로 소띠다) 우직한 경상도 '싸'나이다. 이불로 따지자면 부드러운 극세사 이불이나 비싼 거위 털 구스 이불, 거위 털과 성능은 비슷하나 가격이 착한 오리털 이불은 아니다. 기능성 자가 발열이불은 더욱 아니다. 그는 울 양모이불이다. 울 양모이불은 추울 때는 따뜻하고 더울 때는 시원하게 해주는 소재다. 땀을 흡수하고 발산시키는 효과가 탁월하다. 무게감 있는 이불이니만큼 묵직한 그의 성격을 대변한다.

천의무봉(天衣無縫). 선녀의 옷에서는 바느질한 자국이나 흔적을 찾을 수 없다는 말이다. 이종운 시인의 시 역시 그러하다. 기교나 재주를 부린 시편을 찾아볼 수 없을 만큼 자연스러운 상태, 인위와 가식을 배제한 자연스러움이 행간에 배어있다.

필자는 10년 이상 이시인과 만나 시작(詩作)을 얘기했지만, 정말로 그가 만든 이불이 천의무봉의 경지인지 알지 못한다. 여태껏 이불은 고사하고 베개 하나 받은 적이 없기 때문이다. 다만, 시인의 작품을 읽으며 유추해볼 뿐이다.

아! 아버지

경상북도 문경에는 86세의 아버지가 계신다. 누구나 그렇지만, 시인이 아버지를 생각하는 마음은 몹시 간절하다. 문경의 시골(가은골)에서 태어나 대구에서 대학을 졸업하고 전공(도서관학)과 무관한 이불가게를 경영하면서 문사(文士)로서의 면모를 보여드리고자 하는 의지를 여러 번 피력했었다. 연로한 어른이시니 그 조바심은 해가 갈수록 더해왔으리라.

가게 구석에 곤히
잠자는
단면누비 한 롤

코골이 소리 드높다

보이지 않는

저편에서

베개와 이불의 뼈대

세워 오신

오,

　아버지

- 「단면누비」모두

몇 온스Ounce짜리 원단일까?

　가게 구석에서 오래 팔리지 않는 단면 누빔 원단을 보고, 저 멀리 문경 가은골에 계시는 노친의 코골이가 생각났으리라. 가문의 뼈대를 세우느라 일생을 헌신한 늙은 아버지의 노고는 과연 몇 온스인가. 부피로도, 무게로도 계량이 안 되는 아들의 탄식이 누빔 원단처럼 까끌까끌한 세월을 누벼왔겠다.

어으이 이불!

　「가은이불」 이종운 대표의 공식호칭은 '어으이 이불'이다. 용인시 죽전동 도담마을의 某아파트 상가에서, 적어도 그와 친한 동년배나 아는 선배에게만큼은 그리 불렸다. 정작 그 자신은

'이불인지 몰랐'으나 '나도 모르게 나는 이불이었다' 고백한다.

나는 이불이었다

누군가 동네에서

"어으이 이불!"이라고 불러도

세탁소 맡긴 바지에

이불이라는 딱지가 붙어있어도 나는

내가 이불인지 몰랐다

그랬다, 나도 모르게 나는 이불이었다

아침에 일어나 가위 잡고

원단과 손가락을 함께 자르면서

손에서 흐르는 붉은 눈물을 닦다가도

식탁에 올릴 두부 한 조각과

아이들 등록금을 생각했다

(중략)

어느 순간 내가 만든 이불이

누군가에게 따뜻할 수 있을까를 생각했다

내가 이불이라면 그런 이불 만들어야지 다짐하는

나는 소나무

바람의 갈퀴손이 네 뿌리까지 잡아채

같이 흔들리며 푸른 손 흔들던

외롭고 귀한

소나무 한 그루다

크고 높은 뜻보다

내가 이불이니까

향기 좋고

추운 이 따실 수 있는 이불 만들어야지 다짐하며

꾹꾹 눌러

미싱 페달을 밟았다

- 「나는 이불이었다」 부분

    이불은 따뜻해야 한다. 따뜻한 이불을 팔아서 '식탁에 올릴 두부 한 조각과/아이들 등록금을' 마련해야 했다. 그래야 식구가 따뜻해진다는 사명이 있었을 게다. 한마디로 '생활'이다. 무슨 '크고 높은 뜻보다/내가 이불이니까' '추운 이 따실 수 있는 이불 만들어야지 다짐'한다. 아이들과 아내, 손님이 모두 따뜻한 이불은 시인에게 있어 '이불(異不)'이 아닌가.

형은 높은 곳에서

달빛이

내

려

왔

다

나는

저 달의 손을

잡을 수

없다

형처럼

- 「달」 모두

시인의 형은 높은 곳에서 무얼 하고 계실까?

스스로 내려올 수 없으니, 달을 대신 내려 보낸 것일까?

막걸리가 한 순배 돌면, 시인은 형 얘기를 빼놓지 않았다. 이공계통의 석학(碩學)으로 집안의 자랑이던 형은 일찍이 작고했다. 형이 공학적으로 설계한 38만 킬로미터 길이의 사다리로 손수 내려준 달을 만나고도 시인은 달과 악수를 못한다. 아직도 형의 죽음을 인정하지 않으려는 안간힘이거니 싶다.

갈바람이 비질을 하고 있는
감나무 옆 사랑채에
쉰 살 아들과
아버지가 마주 앉아있다

아버지는 마당 감나무에 홀로
남은 감을 생각하고

아들은 생으로 찢어진 감나무
가지를 보고 있다
주소를
달빛이 온 곳으로 옮긴 형의
소식을 듣고 싶은 아들은
마당으로 나왔다

-「감나무」 모두

참으로 서러운 장면이다. 자식을 앞세운 연로한 아버지와, 자랑스러운 형을 잃은 동생이 감나무가 있는 고향집 마당에 함께 있다. 한 감나무에서 나온 가지 중에 가지 하나가 생으로 찢어졌고, '감나무에 홀로/남은 감' 하나가 작고한 형인지 이불가게 하는 동생인지 알 수 없다. 또한, 형제의 아버지 자신인지도 모른다. '주소를/달빛이 온 곳으로 옮긴 형'의 소식을 들으려고 마당으로 나온 동생보다, 마음만은 아버지가 먼저 버선발로 뛰어나오시지 않았을까.

나의 중심

이종운 시인의 시편들은 이불과 베개를 제외하고는 대개 아버지와 어머니, 형에 관한 감상이다. 그러나 전술한 분들보다 애틋한 구심점은 따로 있다고 여겨진다. 바로, 아내. 아내는 생활의 중심이며 거역하지 못하는(해서는 안 되는, 하면 사달이 나는) 대상이다.

보이지 않는

그녀 얼룩을 생각하며 나는

아주 오랫동안

바라볼 것이다

그녀 중심에서 달무리를 그려온 세월에서

나를 밀어 낼

때까지

– 「아내」 부분

'보이지 않는/그녀 얼룩'은 어떤 얼룩일까. 눈물자국일까, 아닐까. 언급한 '얼룩'이 무엇이든 지근거리에서 오래 지켜봐 왔을 테니, 시인은 잘 알 것이다. 그러나 필자는 이점을 유의해 감상했다. '그녀 중심에서 달무리를 그려온 세월'이라니. 그렇다! 그녀(아내)가 중심이고, 시인(남편)은 그녀라는 달을 도는 무리에 불과했던 것. 거기다가 '나를 밀어 낼/때까지' 그러할 거란다. 필자는 십분 이해된다. 동병상련을 언급하지 않더라도 말이다.

구겨진 일상은

다림질로 편다

바지는 세탁하지 않는다

젊음을 술로 보낸 자신을 세탁하며

늘어난 아내의 주름살 또한

다림질 할 수 있을까

세탁소 주인양반

달마처럼 면벽 중이다

– 「세탁소」 부분

동병상련 차원에서 중심의 이유를 이미 짐작했었다. '젊음을 술로'보냈다고 고백한 점과 충분히 예상할 수 있는 숙취기의 일탈로 인해 '늘어난 아내의 주름살'이 문제다. 이 또한 다림질로 빳빳이 펼 수 있을지 세탁소 주인에게 문의해보지만, 세탁소양반은 묵묵부답이다. 묵비권 행사를 하는 건지 모르겠으나 세탁모두가로서 이미 답을 알고 있으리라.

명징한 사회적 감각들

이종운 시인은 그의 직업과 가족에 관한 시뿐만 아니라, 사회적 사건·사고와 관련한 주제 역시 감각적으로 표현한다. 이는 사변적 사고(思考)에서 사회현상에까지 비판의 영역을 확장하고 있음을 보여준다.

파일명 서정시*를 읽다가

수면이 수면 밑으로 잡아당기는 바람에

안으로 쑥 빠졌어

지하도**였고

입구 옆길에 상여를 보관하는 집이

성긴 이빨처럼 덜컥거리는 지하도 끝에는

몽둥이로 개를 두들긴 다음 살살 불에 그슬려 털을 바람에게

주고

가마솥에 넣어

불콰한 흥으로 미쳐버리는 곳이었지

(중략)

서정시를 읽어야하는데

읽어야하는데 중얼거리며

꿈속에서 빠져나오지 못하고

아이들과 아내를

밀어내고 있었어

－「서정시를 읽다가」 부분

첫 행의 '파일명 서정시'는 나희덕 시인의 작품이 맞다. 불온

---

*　나희덕 시집

**　청주 오송 궁평지하지도

한 서정시를 갈파한 나 시인의 시를, 꿈의 형식을 빌려 썼다. 2023년 7월 오송참사가 일어났던 궁평2지하차도 사건을 모티브로 '아이들과 아내를/밀어'내야 하는 비극을 감각적으로 체화한다. 서정시와 사건(사고)을 극명하게 대비시킨 수작으로 생각된다. 또한, 억센 억새는 어떠한가.

억새에게 삶은 형벌이다
어깨에 메고
가야하는

쏟아지는 택배처럼
해가 뜨면 밀려오는 파도
차라리
차라리

해가 다하면
파도가 없겠지

아내의 속삭임에 하우스푸어 티켓을 구매한
앞 동 사는 택배 김 형
그는
드디어 누웠다

간장약과 피로회복제를 손에 움켜쥐고

지긋지긋한

해가 사라진

눈은

편안히 감겨있었다

- 「억새」 부분

하우스푸어의 삶을 차분히 묘사했지만 결말은 가히 충격적이다. 더구나, 신문이나 방송 뉴스에서 들은 스토리가 아니다. 앞 동 사는 택배 김 형의 실화를 얘기하고 있는 것이다. '해가 다하면/파도가 없겠지', '지긋지긋한/해가 사라진/눈'에 이르면 저절로 숙연해지지 않은가. 시인은 한국사회의 이런 불합리와 부조리를 눈여겨보고 있음이다.

유산으로 받은

빚과 아이

아이들은 살아야죠?

처연한 사내의 물음에

낮달 걸린

웃음꽃 피운다

그런 이야긴 그만

신나게

환하게

어때요

여인은

머룻빛 어둠이

빚어낸

꽃

노래를 도우며

옮겨가는

사랑

— 「부레옥잠」 부분

하루만 피었다가 시드는 꽃을 가진 부레옥잠은 물에 떠서
자라는 수생식물이다. 빚과 아이들. 어쩔 수 없이 선택해야만
하는 노래방 도우미의 애환을 명랑하게(그래서 더 슬픈) 조율

했다. '신나게/환하게/어때요'라고 쓴 시인의 반어적 표현을 전적으로 슬퍼한다.

귓속 물을 슬며시 먹던 따신 돌

시의 감각은 의도하지 않았을 때 제대로 된 표현이 나오는 것이라 믿는다. 고심을 한 문장과 자연스러운 그것은 분명 차이가 크다. 대동트랙터의 작동과 수직의 무너짐은 발상의 대비와 더불어 그 자연스러움에 고개를 끄덕이게 된다. 마지막 행 '계절을 다해 정숙하리라'는 압권이다.

써레질 끝난 무논에서

흙의 속살에

장대가

수직을 심고 있다

(중략)

대동트랙터처럼 두근대는 심장과

부서지는 쟁깃밥

너와 나의 싸움 후에

수직은 물러져

온 무논이

계절을 다해 정숙하리라

— 「사랑싸움」 부분

같은 맥락에서 시 「느린 오후」 마지막 연 '선술집/구석에/웅
크린 술병'의 경우 오후 술집의 루즈함을 정갈하게 표현한 결
구로 안성맞춤이다. 또한, 시 「둥근 돌」에서 '귓속 물을/슬며
시/먹던' 이후의 묘사는 유년시절의 추억을 소환하기에 부족
함이 없다.

기차가 막 다녀간

침목 아래서

간장종지처럼 떨던

뜨거워져

어스름까지 따스했던

귓속 물을

슬며시

먹던

돌 속에

어둠이 들어

지금은

이슬이 된

그리운 돌

- 「둥근 돌」 모두

빙그레 웃으며 말 건네주시길

이 시집에는 두 편의 「시」가 있다. 한 편은 3부에, 다른 한 편은 4부 맨 마지막에 앉아있다. 3부의 「시」는 중국이 원산지인 관상용 식물 옥잠화와 노래방 도우미를 연결한 것으로 보인다. '으/시/시/한/계곡은/길이 없지'에서 '으/詩/詩/한'으로 해석하고 싶은 필자의 마음은 이 시의 제목이 「詩」여서일까. 한 자씩 세로로 배치한 행갈이는 이 시인이 위트와 함께 재기(才氣)역시 만만찮음을 보여준다.

2차로

노래방 가서

저 여자가 옥잠화야

(중략)

으

시

시

한

계곡은

길이 없지

- 3부 「시」 부분

이 시집 대미를 장식하는 4부의 「시」에 적은 '다랑논'이 시인
의 고향인 문경 가은골에 있었을까. 다랑논 벼랑에 자신의 목
관을 밀어 넣는 행위는 죽음에 대한 경외일까, 경원일까. 다 밀
어 넣어야 비로소 꽃이 핀다고 말하는 시인의 의도는 무언가.

다랑논 높은 벼랑에

내가 누워있는 목관 하나

밀어 넣고 있다

땀도 눈물도 없이

덜덜 떨면서

다 밀어 넣어야

꽃이 피지

꽃이

피지

중얼거리고 있었다

새벽별이 돋아날 때 들리는 울음과

꽃이 돌아서서 훔치는 눈물

이슬이 사라질 때 보이는 슬픈 눈동자를

느껴야 꽃이 눈을 뜨네

지나가는 농부가 빙그레

웃으며 말을 건넸다

- 4부 「시」 모두

목숨마저 '다 밀어 넣어야' 시의 꽃이 피는 것이다. 그만큼 이종운 시인이 시를 대하는 태도는 절박하다! 절박하다가, 절박하다가, 절명할지라도 괘념치 않겠다는 의지의 표현에 다름 아니다. 새벽별과 울음, 꽃과 눈물, 이슬과 슬픈 눈동자… 이들을 느껴야지만 비로소 시를 이해한다고 믿고 있음이다.

　물꼬를 튼 농부가 다랑논 둑을 걸어가다 비죽이 보이는 목관 하나를 발견한다. 무어라 말을 건넨다. 빙그레 웃으면서.

나는 이불이었다

펴낸날 2024년 12월 10일

지은이 이종운
펴낸이 주계수 | **편집책임** 이슬기 | **꾸민이** 이해린

펴낸곳 밥북 | **출판등록** 제 2014- 000085 호
주소 서울특별시 마포구 양화로 156 LG팰리스빌딩 917호
전화 02- 6925- 0370 | **팩스** 02- 6925- 0380
홈페이지 www.bobbook.co.kr | **이메일** bobbook@hanmail.net

ⓒ 이종운, 2024.
ISBN 979-11-7223-049-4 (03810)